Le philtre
d'amour

Conforme à la loi n°49956 du 16 juillet 1949 sur les publications destinées à la jeunesse
ISBN 209251003-7
N° éditeur : 10127476 - Dépôt légal : juin 2006
Imprimé en France

Évelyne Brisou-Pellen

Le philtre d'amour

Illustrations de Irina Karlukovska

Nathan

un

Le nouveau

Ce matin, il y a un nouveau qui est arrivé dans la classe. La maîtresse a dit qu'il s'appelait Olivier ; ensuite elle a cherché des yeux une place libre et l'a envoyé s'asseoir à côté de Sophie.

Sophie a fait sa mauvaise tête. Elle a rangé les affaires qu'elle avait étalées sur la table d'à côté, en montrant bien par ses grimaces qu'elle n'était pas très contente d'avoir un voisin, et qu'elle aurait mieux aimé rester toute seule à son bureau. Olivier, lui, n'a rien dit. Il a attendu patiemment que Sophie ait fini son petit ménage, et puis il s'est assis. Sophie a fait comme si elle ne le voyait pas. Sophie a toujours eu un sale caractère.

Pendant le reste de la semaine, pas une fois Sophie n'a regardé Olivier, et Olivier ne s'est jamais tourné de son côté. Pourtant, il est plutôt sympa avec les autres, il prête même son walkman sans faire d'histoires et sans prétendre que sa mère interdit qu'on y touche.

Ce soir, comme tous les soirs, Sophie traîne un peu en rentrant de l'école, pour ne pas se trouver juste derrière Olivier qui prend le même chemin. Et voilà que... Elle stoppe net. Elle vient de l'apercevoir, là, arrêté devant la

boulangerie, en grande discussion avec Anne et Aurélie, ses deux meilleures copines. Aïe ! Elle se sent coincée. Est-ce qu'elle doit passer ? Est-ce qu'elle doit faire semblant de resserrer les lacets de ses chaussures, en attendant qu'ils repartent ? Elle entend Aurélie qui rit. Aurélie est toujours gaie et d'habitude elle l'aime bien, mais ce soir elle déteste ce rire. Quel rire bête ! Gnia gnia gnia...

Finalement, Sophie hausse les épaules, prend une grande inspiration et passe vite à côté d'eux, en regardant droit devant elle.

Ah zut ! Elle sent qu'elle a rougi. Elle rougit toujours au moment où il ne faut pas. Pourvu qu'ils ne s'en soient pas aperçus ! Mais non... Ils ne se sont même pas rendu compte qu'elle venait de les dépasser, ils sont beaucoup trop occupés à discuter. Qu'est-ce qu'ils peuvent bien se raconter ? Des idioties, sûrement !

deux

Une gomme percée d'un trou

CE MATIN, en arrivant dans la cour, Sophie a vaguement dit bonjour à Olivier, elle se demande bien pourquoi. De toute façon, Olivier n'a rien vu, ou alors il a fait semblant de ne pas s'en apercevoir, et après tout elle s'en moque.

Quand même... qu'il ne lui adresse jamais la parole, à la fin, ça l'agace. C'est tout comme si elle n'existait pas !

Bon sang ! Ça ne va pas se passer comme ça !

D'ailleurs, elle vient d'avoir une idée...

Au moment où Olivier se penche pour chercher quelque chose dans son cartable, elle s'empare vite de sa gomme et la cache dans la poche de son jean. Maintenant, il va bien être obligé de lui parler pour lui demander de lui prêter la sienne. Elle la lui prê-

tera gentiment, elle lui dira même qu'il peut la garder, puisqu'elle en a deux.

Mais Olivier ne lui a rien demandé. Il s'est juste tourné vers la table de derrière pour emprunter la gomme d'Aurélie. Sophie s'est sentie soudain toute glacée, et elle n'a plus rien compris à la leçon de géographie. Elle est rentrée à la maison en courant, et elle a dit qu'elle avait mal à la tête et qu'on lui fiche la paix.

C'était terminé. Elle ne ferait plus le moindre effort. Non mais pour qui se prenait-il, celui-là ?

Il est cinq heures. Dans l'appartement désert, Sophie s'assoit devant son bol de chocolat et se beurre une tartine, en essayant de ne penser à rien. Mais finalement, elle n'a pas faim. Elle pose sa tartine sur le rebord de la fenêtre, pour les oiseaux, et son bol de chocolat par terre, pour le chat. Le chat a l'air plutôt content.

– Tu n'as pas de soucis, toi, hein ? dit Sophie. Eh bien moi non plus, figure-toi ! Zut de zut, c'est juré, je ne lui parle plus, à ce crétin en boîte !

Elle enfonce rageusement ses poings dans les poches de son jean. Tiens... qu'est-ce que c'est que ça, là au fond ?... Ah ! c'est la gomme. Saleté de gomme ! Elle va la jeter à la poubelle !

Sophie lui lance un regard furieux. C'est une vieille gomme, d'un rose sale, avec un trou fait à la pointe de compas au milieu...

Et voilà que, pour une vieille gomme avec un trou de compas au milieu, Sophie se met à pleurer.

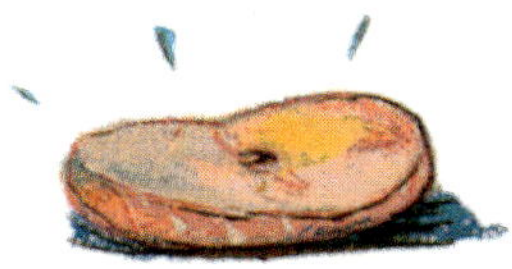

trois

Espionnage

SOPHIE s'en fiche, mais s'en fiche, de ce garçon ! Exprès, elle se montre gentille et gaie avec tout le monde, et elle fait comme si elle ne s'apercevait pas de sa présence, comme s'il était un de ces troncs d'arbres dans la cour, qu'on évite en jouant sans jamais y prêter attention. Seulement, dans sa tête, rien n'est pareil. Elle pense à des choses tristes, et souvent elle s'endort en pleurant.

Maintenant, le soir, elle rentre vite à la maison et elle se poste derrière le rideau de la cuisine pour LE voir passer dans la rue. Parfois il passe tout seul, assez vite – il doit aller à un cours de musique ou à un entraînement de sport – d'autres fois, comme aujourd'hui, il marche lentement en discutant avec Nicolas, et Anne, et Aurélie. Ah ! Celle-là ! On lui donnerait des gifles !

Sophie est tellement occupée à regarder dans la rue qu'elle ne s'aperçoit pas que son frère est dans l'appartement.

Son frère, il s'appelle Adrien. Il a treize ans. Un vrai casse-pieds. Toujours à l'embêter, toujours à se moquer d'elle, sauf quand il regarde la télé, c'est-à-dire, heureusement, presque tout le temps. Seulement voilà, ce soir (on se demande bien

pourquoi), Adrien ne regarde pas la télé. Il aperçoit Sophie derrière le rideau. Bizarre... Ce n'est pas la première fois qu'il la voit espionner la rue. Que peut-elle bien surveiller, cette sacrée *Sophiche* ?

Il file dans sa chambre et jette un coup d'œil dehors. Sur le trottoir, il y a les deux *secouettes*, Anne et Aurélie, les idiotes copines de sa sœur. Elles discutent avec Nicolas et un autre garçon qu'il ne connaît pas. Il n'y a personne d'autre. Il se demande lequel des quatre Sophiche peut bien surveiller : Nicolas ? Anne ? Aurélie ? L'autre garçon ?

Il attend. Voilà qu'au bout d'un moment il voit les deux filles s'en aller. Ah ah ! Il ne reste plus que Nicolas et l'autre... Sophiche est-elle toujours à son poste d'observation ?

Adrien revient sur la pointe des pieds

jusqu'à la cuisine et glisse un regard discret : oui, Sophiche est encore derrière le rideau. Tiens tiens... S'intéresserait-elle à l'un de ces garçons ?

Il va s'approcher par-derrière, sur la pointe des pieds, lui faire peur, et se moquer d'elle… Et puis, non, il ne va pas faire ça... Il a une meilleure idée, une bien meilleure idée !

quatre

Le philtre d'amour

LA NUIT est tombée depuis longtemps, et la lampe fait un joli rond jaune sur le vieux cahier. Assis à son bureau, Adrien réfléchit. Que va-t-il écrire ? « Bave de crapaud » ?... Non. Ça ferait sérieux mais Sophiche n'en trouverait jamais. Or, il faut qu'elle trouve.

Dans le « coffre à mystères », celui où l'on conserve les objets qui datent du temps où son grand-père était instituteur, il a récupéré ce vieux cahier et

ce drôle de porte-plume. Tout pensif, il trempe la plume dans la bouteille d'encre... Bon, déjà, il va inscrire le titre :

Recette du Philtre d'Amour

Ensuite... ? hum hum...

Prendre :

Un poil de chien noir

(Et Sophiche qui a peur des chiens !)

Une coquille d'escargot pilée

(Possible...)

Un verre d'eau de pluie (Facile...)

Une feuille de platane cueillie un jour de pleine lune (D'habitude, c'est une nuit de pleine lune, mais Sophiche n'aura jamais l'autorisation de sortir la nuit. Il faut penser à tout.)

Voyons... Adrien plisse le front, mordille le porte-plume. S'il a bien du mal à tracer les lettres avec ce drôle d'engin, il sait qu'au moins, sa sœur ne reconnaîtra pas son écriture. Ah ! Il a une autre idée :

Une rognure d'ongle

Rincer le papier sur lequel est écrite cette formule avec l'eau de pluie, et la verser dans un flacon. Ajouter les autres ingrédients. Laisser macérer sept jours, en n'oubliant pas de souffler dessus sept fois chaque soir après le coucher du soleil en prononçant sept fois « araka ». Le septième jour, tamiser le mélange.
Il suffira de faire boire ce philtre d'amour à la personne qu'on aime, pour qu'elle tombe aussitôt amoureuse de vous.

Adrien plie son papier, puis il se ravise. Il pouffe de rire, reprend son porte-plume et, après *rognure d'ongle,* il ajoute:

Et deux larmes.

cinq

Ne pas se tromper

AUJOURD'HUI, c'est mercredi, ça tombe très bien pour Adrien. Il frappe à la porte de la chambre de sa sœur...

Sophie est plutôt étonnée, parce que d'habitude Adrien ne se gêne pas pour entrer sans prévenir. Souvent même, il ouvre la porte d'un coup pour la faire sursauter. C'est bizarre : Adrien paraît dans de bonnes dispositions... sans compter qu'il lui propose d'aller fouiller dans le coffre aux mystères, et que justement elle adore fouiller.

Le coffre, Sophie le connaît par cœur, et pourtant elle a toujours l'impression qu'elle va y découvrir des merveilles. Elle sort les cahiers jaunis, la vieille photo de classe où l'on voit des enfants habillés tous pareils, avec une blouse grise, et puis ces livres d'école un peu tristes, qui sentent le moisi. C'est alors qu'Adrien remarque :

– Tiens ! il y a un papier qui vient de tomber de ce livre.

– Qu'est-ce que c'est ?

– Je ne sais pas. Regarde toi-même. Moi, j'ai soif, je vais boire et je reviens.

Pendant qu'Adrien sort d'un air pressé, Sophie déplie le papier. D'abord, elle se demande bien ce que veut dire « philtre ». Ça ne doit pas être la même chose qu'un filtre à café, puisque ça ne s'écrit pas pareil. Ah ! elle comprend... Elle reste là, toute pensive, à lire et à relire la feuille et puis, en entendant son frère revenir, elle la glisse vite dans sa poche. Heureusement, Adrien ne pose aucune question. Ouf ! Il a sans doute oublié cette histoire de papier.

– Dis donc, demande Sophie d'un ton détaché, tu sais, toi, quand c'est, la pleine lune ?

Adrien fait semblant de réfléchir :

– Je crois que c'est bientôt. Tu n'as qu'à regarder sur le calendrier : la pleine lune est toujours indiquée par un rond blanc.

Deux jours passent. Sur le balcon, Sophie a posé une casserole. Elle dit à tout le monde qu'elle veut recueillir de l'eau de pluie, parce que c'est ce

qu'il y a de mieux pour se laver la figure. Ce qui est énervant, c'est qu'Adrien a toujours l'air de ricaner. C'est pourtant vrai, que l'eau de pluie est bonne pour la peau !

Avec le poil de chien, elle a eu un peu de mal. Il a fallu qu'elle prenne l'ascenseur en compagnie de madame Lemousse, qu'elle caresse son gros chien noir qui lui fait si peur... mais qui perd facilement ses poils (c'est un avantage certain pour son affaire). Elle s'est retrouvée avec plusieurs poils entre les doigts et un nouveau copain. Parce que le chien de madame Lemousse, finalement, il est drôlement gentil.

Pour la feuille, elle a demandé à un jardinier de la ville, qui lui a assuré que c'était bien du platane. Pourvu qu'il ne se soit pas trompé !

Adrien surveille discrètement. Le soir, il colle son oreille à la cloison dans l'espoir d'entendre les mots magiques, et il a même fouillé la chambre de sa sœur pour voir s'il y avait un poil de chien ou une coquille d'escargot quelque part. Il n'a rien trouvé, qu'une vieille gomme percée d'un trou sous l'oreiller, mais comme il est bien sûr de ne pas avoir parlé de gomme dans son philtre d'amour, il n'a pas compris.

six

Le cœur qui bat

SAMEDI matin.

Sophie a eu l'idée géniale d'ajouter dans le philtre un peu de poudre « goût orange » et de verser le tout dans une petite bouteille de jus de fruits vide, pourtant elle se ronge: comment faire avaler sa potion à Olivier ? Elle se répète sans arrêt qu'elle ne l'aime pas du tout, qu'il est moche et bête, mais que ça lui ferait les pieds s'il tombait amoureux d'elle. Alors elle ferait la fière et ne le regarderait pas. Et ce serait bien fait pour lui.

Bon. Elle ferait la fière à ce moment-là... Pour l'instant, elle ne voit pas d'autre solution que de mettre sa fierté sous son mouchoir et se montrer aimable.

Aïe, aïe, aïe ! La cloche sonne... C'est le moment, elle ne peut plus attendre. Courage ! Elle ouvre son cartable et, bien que son cœur batte épouvantablement, s'exclame d'un air qu'elle essaie de rendre gai :

– Tiens, il me reste du jus d'orange. Tu en veux ?

Olivier lui lance un regard étonné. Il n'en revient pas : Sophie lui sourit. C'est la première fois que Sophie lui sourit ; aussi, bien qu'il n'ait pas soif du tout, il n'ose pas refuser.

Le week-end s'est traîné en longueur. Enfin, on est lundi.

Maintenant, Sophie en est presque malade d'énervement, elle a peur d'avoir oublié quelque chose dans la recette ou de s'être trompée en prononçant la formule magique.

En arrivant dans la cour, elle prend son air le plus détendu pour dire bonjour à tout le monde, sans regarder Olivier. Lui non plus, il ne vient pas lui dire bonjour. Après tout, c'est normal, il ne doit pas se sentir bien. Et elle, est-ce qu'elle se sent bien ? Quand elle s'assoit près de lui à sa table, elle a l'impression que ses jambes sont en coton. Elle lui jette des coups d'œil discrets, pour voir la tête qu'il fait...

Il ne fait aucune tête particulière, il prépare son livre de lecture très normalement. Il lance même une plaisanterie à Aurélie, qui rit, bêtement bien sûr. Ensuite, il se penche vers Nicolas, pour lui emprunter son effaceur, à cause d'une tache sur son cahier. Une tache! Il s'occupe d'une tache ! Alors Sophie n'y tient plus. Elle propose :

– Je peux te prêter mon effaceur, si tu veux.

Olivier tourne juste un peu la tête :

– Ah !... Ben non merci, ce n'est pas la peine...

Et il répond ensuite à Aurélie qui lui demande on ne sait quoi. Des bêtises sans intérêt, sûrement.

Et c'est comme ça toute la journée, une journée horrible, jusqu'à la sonnerie du soir. Alors Olivier ramasse ses affaires en discutant avec Nicolas d'un match idiot de volley contre on ne sait qui, et il s'en va. Il ne lui a pas dit un mot. Pas jeté un regard.

Sophie serre les dents. Elle jette sa trousse dans son cartable et sort avec son air des mauvais jours. Et puis... elle ne peut pas s'en empêcher, elle court jusque chez elle et se précipite à la fenêtre de la cuisine, derrière le rideau.

Elle est si préoccupée, si malheureuse, qu'elle n'entend même pas la porte d'entrée. Il faut dire qu'Adrien l'a ouverte le plus doucement possible. Il se glisse dans la pièce, s'approche de sa sœur et lance bien fort, exprès pour lui faire peur :

– Alors... i ?

Elle sursaute. Il prend un air de conspirateur :

– Tu n'as pas oublié la rognure d'ongle, au moins... ? Ni les deux larmes... ?

Et il se met à rire... à rire !

Sophie se sent toute malade. Elle a soudain très chaud, et puis très froid. Les larmes lui montent aux yeux. Elle sort en courant pour aller se réfugier dans sa chambre, claque la porte, se jette sur son lit et éclate en sanglots.

sept

Tralalère

Au petit déjeuner du lendemain matin, Sophie n'apparaît pas et sa mère est soucieuse :

– Sophie est fiévreuse. Je me demande bien ce qu'elle couve. Ça m'ennuie de partir au travail en la laissant toute seule.

– Penses-tu ! ricane Adrien. C'est de la comédie pour ne pas aller à l'école.

– Tu exagères. Elle a vraiment de la fièvre.

– 37°1, je suppose.

– 38°5, et la gorge toute rouge.

Ah, zut ! Adrien a un peu de remords. Aussi, elle n'a pas besoin de prendre tout au sérieux, comme ça ! Bon, il lui rapportera un paquet de caramels au chocolat, ceux qu'elle préfère, les plus chers, qu'il achètera avec son propre argent de poche. Juré !

Après la classe, il passe à la boulangerie. Il n'oublie pas. Il se dépêche de rentrer : la pauvre Sophiche doit se morfondre au fond de son lit.

Il ouvre la porte... Tiens ! On parle dans l'appartement. Le médecin doit être là. Adrien entend Sophiche qui murmure d'une voix faible :

– C'est mon frère qui rentre de l'école.

Il s'approche de la porte et s'apprête à lancer : « Bonjour docteur ! »

Mais ce n'est pas le docteur, c'est un garçon.

Quoi ? Le garçon que... le garçon qui...

Sophie a un sourire, un petit sourire de malade, mais un sourire quand même. Elle dit d'un air malin :

– Adrien, je te présente Olivier, qui est venu m'apporter les devoirs.

Elle fait un clin d'œil à son frère, et finit :

– Il viendra tous les soirs, pour m'expliquer ce qui aura été fait en classe, pour que je ne prenne pas de retard...

Table des matières

Évelyne Brisou-Pellen

Elle aime observer les gens, elle a de l'affection pour leurs travers et leurs qualités, leurs hésitations, leur fragilité. C'est ainsi qu'elle crée ses personnages, en portant sur leur comportement un regard amusé. Elle a déjà écrit une quarantaine de contes et autant de romans pour la jeunesse.

Irina Karlukovska

Elle a grandi au bord de la mer Noire, accompagnée par des légions de monstres et de fées des contes et légendes bulgares. Ils l'ont suivie partout où elle a posé son chapeau...

Découvre d'autres histoires dans la collection
nathanpoche 6-8 ans

C'EST LA VIE !

▷ Série *Le journal d'Andromaque*
de Natalie Zimmermann, illustrée par Véronique Deiss

La sirène en maillot de bain

Mimi a encore lu le journal de sa soeur : Rox veut la **noyer** à la plage ! Ça ne va pas se passer comme ça ! Mimi a un plan : Après tout **apprendre à nager**, ça ne doit pas être si compliqué. Parole de Mimi, elle sera une **championne**.

Si j'avais un copain grand et fort

de Catherine Missonnier, illustré par Marc Boutavant

David se trouve trop petit, trop maigre et pas assez **courageux**. Difficile de se **défendre** contre les plus forts de la **classe**. À moins d'avoir un **ami** costaud...

HUMOUR

Le jongleur le plus maladroit

de Évelyne Brisou-Pellen, illustré par Christophe Merlin

Aymeri déteste l'**injustice** ! Et il déteste quand il voit ce paysan en train de se faire fouetter parce qu'il ne peut pas payer sa part de récoltes au seigneur. L'homme à la cape noire devrait se **méfier** : ce jongleur est terriblement **maladroit** !

▷ Série *Germaine Chaudeveine*
de Clair Arthur, illustrée par Jean-François Martin

Parfum de sorcière

Quelle **puanteur** ! La sorcière se **parfume** au jus d'égout. Sa maison est pleine de flacons aux essences de diarrhées de canards, de rots d'hippopotames, de vomis de papillons... Un jour, elle tombe **amoureuse**...

fantastique

Le plus grand combat de SuperBonhomme

de Alain Pradet, illustré par Pronto

Démona passe son temps à faire **le mal** sur la planète. Aujourd'hui, elle sème la panique auprès des passagers d'un avion. **SuperBonhomme**, lui, est toujours là pour faire **le bien** et sauver le monde. Arrivera-t-il à temps pour éviter le crash de l'avion ?

Le mystérieux chien de la mer

de Freddy Woets, illustré par Pierre Mornet

Hannah vit sur une **île** en Ecosse. Un jour où la **tempête** fait rage, malgré l'interdiction de son père, elle sort avec son **chien** Fagh. Son fidèle compagnon l'entraîne alors vers la **mer déchaînée**…

Contes

Les neuf maisons de Kouri

de Claire Ubac, illustré par Christophe Blain

La première **maison** de Kouri est douce et tiède comme l'eau où il baigne : c'est le **ventre** de sa **mère**. Il ne veut pas en sortir. Pourtant, un jour, une voix lui dit : « C'est la vie, il est temps de **sortir**, Kouri ! »

Un beau jour pour être riche

de Patrice Favaro, illustré par Renaud Perrin

Jagan et son père, Sriram, sont des **saltimbanques** qui montrent un numéro de marionnettes. Un jour, dans le bol posé à leurs pieds, apparaît un **billet de 500 roupies** : une fortune ! Que faire de toute cette **richesse** ?